쥐와 굴

배수연

쥐와 굴

배수연

PIN
034

차례

1부

2부

PIN

034

쥐와 굴

배수연

시

1부

쥐와 굴

쥐는 무릎을 만들고 있다
누가 시끄럽게 구는 게냐?
실링팬 아래에서 노인이 외칠 때
쥐는 앞니로 자기 무릎을 만들고 있다

노인이여, 당신만 주인이 아닙니다
집세를 안 내는 나도 주인이라고요
티브이 소리나 좀 키워보시죠

쇠고리에 걸어둘
한 솥 뼈만 남은
노인이여
공기처럼 소파 위에 얹어놓은
무릎이여

내 부모 래리, 마리

그들은 회분홍 발목을 내주었지
나는 그 가는 발목에 뺨을 대고 눈꺼풀을 내렸다
바짝 선 내 수염을 쓰다듬으며
"아가, 이제 수염을 편히 내리렴"

어른이 된다는 건 자기 손으로 수염을 쓰다듬는 일

화면 속엔 바티칸의 검은 연기 피어오르고
"교황 선출이 불발되었습니다"(노인과 쥐가 기침
한다)

마침내 흰 연기와 쏟아지는 박수
상기된 추기경이 새 교황을 발표할 때

노인과 쥐는 무릎을 꿇을 것이다

쥐는 지난주 먹은 굴을 생각한다
노인, 부엌에서 먹은
그 멋진 굴과 당신과 나,

이윽고 같은 곳에서 만날 수 있다면
우리가 천사가 될 수 있다면

굴은 그런 곳을 허락할까

무릎과 발목, 심장이나 얼굴이
굴처럼 생긴

쥐는 차갑고
쥐는 레몬과도 어울리는
그런 영혼을 생각한다

쥐는 무릎을 완성한다

쥐와 도시

닭은 알을 낳을 때
시원할까 아플까
쥐는 그런 것이 궁금했다
쥐는 도시에 중독되었다
저놈의 노인도 평상도 없는 양로원에 중독되었다
효모 빵과 실크로 된 샤워 가운, 그런 건 섬에도
있다
꿈에서 쥐는 공모전을 거절했다
대단한 일이다
도시에선 끝없이 공모전에 나가야 하기 때문이다
저마다의 용기를 자랑하기 위한 포트럭 파티
흔한 일이다 하나같이 닮은 쥐들 사이에서
흔한 일이다 하나같이 쓸쓸하다는 것 따라서
어떤 쥐도 한숨을 쉬지도 발작을 일으키지도 않
는다

쥐들은 실컷 먹는다 석화 껍질을 잔디 위로 던지며

잔디는 고독을 모르겠지

잔디는 거울을 보며 잔디는 둘일 수 없다고 외치지 않겠지

잔디는 많을수록 좋다 잔디는 똑같을수록 좋다

잔디는 완전히 도시가 되었다 그러나

쥐의 왼쪽 눈과 오른쪽 눈은 언젠가 하나의 좁은 시야를 갖기 위해

눈알 하나가 다른 하나를 도려낼 것이다

봐, 이것이 압생트다 압생트!

어느 쥐가 명화 속 정물을 뜯어 왔다

쥐들은 압생트를 감상한다 코를 벌름거리며 아,

향쑥, 살구씨, 회향, 아니스의 향기…… 이런 건 이제 여기 없지

화가와 압생트는 옛 도시와 같이 죽어버렸다 츕
츕츕

쥐들은 꽁꽁 언 버터 같은 손바닥을 비비고 활주
로처럼 수염을 뻗는다

새벽에 온 택배 박스엔 사무용지만큼 하얀 달걀
이 있다

빨대를 꽂아 마시며

닭이 이걸 낳았다는 게 정말인가 닭고기가 되기
도 바쁠 텐데

도시는 시원하고 도시는 아프고 도시는 간지럽고

도시는 죽는다 도시는 태어난다

타로점 공짜로 보고 싶으면 손!

모든 쥐가 손을 들었다

쥐는 그런 것이 궁금했다

쥐와 집

모든 이야기는 돌아온 쥐가 하기

아직 돌아오지 않은 쥐가 길에서 흘리는 이야기
라면

그건 새의 모이라고 생각하기

그러나 이야기 쥐가 되기 위해

우리는 집을 고쳐야 해

(쥐와 주인은 같은 말)

우린

여러 곳에서 앞니를 갈아보았지

여러 곳에서 시력을 잃어보았지

집이 아니면 다 괜찮으니까

그러나 가장 규칙적인 식사

우리가 누릴 수 있는 가장 풍요로운 암흑

그것이 여기 있어

테이블 위의 쥐 네 마리

전기공과 배관공 목수와 미장이

이제 춤을 춰보자

우리의 집을 위해

꿈 없이 잘 잤다고 하품하는 쥐처럼

털에 붙은 이슬을 털어내는 쥐처럼

쥐가 돌아왔을 때

맨발로 뛰어 나오던 자

그는 아무것도 고치지 못하게 했다

이제 춤을 춰보자

우리의 집에 대해

이 이야기에 춤이 없는 쥐라면

한 타임 쉬기

매직 블록

이상하다 여기에선

내가 너무 호강한다는 생각이 든다

그러다 너무 초라하다는 생각이 들고

분명 새 바지를 입고 나왔는데

아랫도리가 하나도, 하나도 없는 기분이 든다

다른 바지가 필요하다

마침내 투명하게

내 다리를 지워버리는

내가 너무 호강했기 때문이다

새 스케이트보드를 타고

샐러드와 커피를 배달했기 때문이다

찾아간 집의 누구도

전화를 받지 않았기 때문이다

이상하다 네 개의 블록만 지나면

손목이 지워진다 문득

내가 대단하다는 생각이 든다 와중에

커피에 밤 크림을 넣는 레시피를 상상했기 때문

이다

헬싱키로 갈까 거긴 밤 크림 커피가 없겠지

하지만 바로 경솔하다는 생각이 들고

나는 참회해야 한다

나는 카펫과 식탁과 현관문을 대여했다

나는 일자리와 애인, 개와 대통령

중력과 은총*을 대여했다

도서관을 나오며

가슴을 세 번 치고

대여록의 모든 줄을 지운 존재를 생각한다

날개를 떼어내고 싶을 때만

날갯짓을 하는 천사

* 시몬 베유, 『중력과 은총』.

형광

세기에 걸쳐 마법에 걸리기도 합니다

부를 쌓고
의식을 기르고
짧은 생으로 긴 생을 점치며
모르는 사람끼리
서로의 운명이 되는 마법

상한 오이는 형광색을 띠는 부분이 생깁니다
세상에!
오이를 네온사인처럼 집어 올립니다

형광 그린과
양 다리 모양의 부푼 소매
우리는 최신 유행 복장의 왕족이므로

두 손을 길게 모으고,

형광스러우신 하느님

나무를 잡고 나무에 오릅니다
목을 잡고 목을 오릅니다
보이지 않는 얼굴이 구름 속에서 별을 보고 있어요

공주와 왕자라면 벽마다 야광 별을 붙여야겠죠
벽에 얼룩을 만들려고
너무 긴 고민을 했습니다

사계절 울리는 첼로 소리
무한한 우주의 무한한 확률로
누가 벽에 튀었습니다

야광색도 형광색도 아니었습니다

쥐와 창

어떤 구석은 잘 찔린다
우우우우우우 우
뱀이 춤출 때 쥐도 노래할 수 있다
창이 목젖을 겨누듯 잔뜩 젖힌 목으로
우우우우우우 우
조금 더 가까이
어떤 죄책을 밀어 넣어주던
창
밥을 먹여주던 작은 수저의 끝

쥐:
내가 아기였을 때
밥투정이 심한 내가 마지막 한 입을 받아 넘기면
부모는 낚아채듯 입에서 수저를 빼버리곤 했어

한 입 한 입 도장을 눌러 찍듯
재빠르게 입술을 닦아내던 손수건

나는 오래도록
손수건처럼 생긴 유령은
생의 오물을 닦으러 온 줄 알았지

우우우우우우우 우
나는 아기지만
미안했어요
나는 아기인 만큼
무능했어요
그때 당신은
내 입을 오려내고 있던 걸까

우우우우우우우 우
술을 마시면 그 자리가 빨개져요

뱀:
봐, 내 문워크는 달라
문을 닫으며 할 수 있지
숱한 문을 닫으며 무한히 멀어지는 나를
쿠욱 찔러 다시 불러 세우는 건
창

불확실성보다 확실한 죄책이 꽂히는 순간

우우우우우 우
나는 사랑할 때면 그 자리가 빨개져요

당신:

우우우우우 우

웅덩이들

한 아이를 망치기 위해서는 여러 웅덩이가 필요
하다

진흙을 닦아주며,

애야 가장 아름다운 어린 날을 그려줄게―

그려진 것들은 모두 그림 속에 있다는 걸 잘 알
고 있다 그게 어떤 그림일지라도

여기 고양이가 앉은 방향은 어떤 선호를 드러낸
다 구석에 떨어진 저 신발조차,

자신의 프레임에 대한 의식을 갖고 있다 원목이
나 메탈, 아크릴과 유리의 정신에 대해

가로와 세로, 비례가 요구하는 포즈에 대해

(한 아이를 망치기 위한 웅덩이들은 어떤 프레임
인가?)

아이는 노래하고

아이는 웅덩이와 웅덩이를 건너다닌다

깊은 웅덩이에서는 목까지 잠긴 채

몸은 분명 여기인데 내 머리는 어디에 있는 거
야?

웅덩이에 비친 새 떼에게 말을 걸고 있다

여행자

쓰레기를 내다 버릴 때
어떤 사람들은 결정을 내린다 이곳 또는 저곳—
스쿠터엔 니하이 삭스를 신은 십 대들
그 다리를 바람이 손쉽게 문지르며

이 나라에도 시인이 있나요?
당신은 새치가 있지만, 어떤 시인의 털은 아직
검죠
거리를 자꾸 찍어 미안합니다
이제 접시 위에 있는 것만 찍으려고요

하지만 보세요, 저기 몰려다니는
독재자, 광신도, 배금주의자와 무뢰한의 운명
이런 패턴은 친밀감을 줍니다
나무 위로 쏟아지는 열대의 햇살이란 오, 정말

아름답죠

　열매를 가르면, 글씨 빼곡한 물 준 이의 독후감

나는 여기가 싫지만 절망을 배운 점에서 유익했습니다

그것을 먹는 내내 쓰레기 위로 비가 왔고
낮으로 밤으로 누군가가
"아무도 기도해주지 않는 존재를 위해 기도합니다"
라고 했기 때문에
모두가 제단에 올랐고 빛이 있었고

세상은 충분히 검지도 희지도 않아서 누구도
완벽히 슬프지 않습니다

쥐와 별

그 여름 내내 쥐는 찰나의 차이로 자기를 놓친 것 같은 적막을 사무실에 남겨놓았다. 어딘가 찍 찢어놓은 적막. 그러나 아무도 없는 성당에서 쥐도 그런 느낌을 받곤 했다. 성전에 들어서면 늘 있던 무엇이 서둘러 빠져나가 외벽의 기둥에 몸을 숨긴 채긴 몸통에 빠진 자신을 조용히 감상하는 것이다. 그러나 쥐가 '늘 있던' 무엇이라는 느낌에 물을 주고 확신을 형성하는 동안 그 시선은 꽤 집요하고 유용해서 쥐의 기도에 속도감을 주곤 했다. 별안간 쥐는 얼굴을 일그러뜨리며 눈물을 흘린다. 사무실 사람들이 쥐가 싼 똥을 보고 비명을 지를 때처럼, 어쩌면 그들이 매운 떡볶이를 먹을 때처럼. 콧물과 땀, 헐떡이는 가운데 안정감이 느껴진다. 지금 여기 없지만 항상 있었어요. 내일 와도 모레 와도 내년에와도. 쥐는 성당의 웅덩이에 손을 담가 앞니를 씻는다. 반짝반짝 쥐의 작은 도끼 아름답게 비친다.

저녁 무렵의 성가

유리로 만든 교회로 갈까, 살구나무 언덕 위에
세운 교회. 새벽이면 새벽이 다녀가고, 황혼이면 황
혼이 다녀가는 곳. 새벽은 고해소에서 비참함을 고
백하고 황혼은 훔쳐 온 보석들을 제물로 올리는 곳.
모두 휴가를 떠난 마을에서 드리는 넝마 입은 천사
들의 미사. 언덕 아래 굴뚝도 창가의 제라늄도 자기
자리에서 교회를 바라보면, 누구나 알아볼 수 있는
미사. 어린 별들이 흔드는 종소리. 밤은 위에서 내
려오는가, 아래에서 올라오는가. 안색이 파리한 성
가대는? 오른쪽에서 걸어 나오는가, 왼쪽에서 걸어
나오는가. 가지런한 단복을 입은 유년과 청춘과 노
년, 초록과 오렌지, 통증과 마취가 나란히 서서 지
휘자의 손끝에 입매를 동그랗게 맞추며 노래한다.
지휘자가 던지는 크고 투명한 복숭아를 입으로 받
았다 던지며 내는 소리. 우리는 언덕 아래에서 교회

를 바라보며 눈을 감는다. 저 복숭아들을 훔쳐 갈 수 있을까, 제단의 촛대처럼— 눈을 뜨면 하늘은 거대한 자루를 사랑하듯 노래 안으로 걸어 들어간다.

원데이 클래스

깨진 그릇을 붙이는 수업에 간다. 어서 와요, 일본에선 수선한 그릇을 더 귀하고 아름답게 여기는 문화가 있답니다. 선생님 이 수업이 듣고 싶어 일부러 그릇을 깼어요. 너무 박살이 났지만……. 여러분, 이 기술은 정말 쉽고 간단하답니다. 제 꿈은 여러분이 각자의 장소에서 이를 널리 알리는 것이에요. 선생님은 겸손하고 따뜻해 보인다. 재료를 적어두세요. 이건 차색과 흑색의 옻, 질 좋은 등유, 껌형태의 퍼티, 금분과 은분, 연마용 도미 이빨과 말꼬리 붓……. 그중 내가 구할 수 있는 것은 순간접착제뿐이었지만, 나는 꼼꼼히 받아 적으며 고개를 끄덕인다. 오래전 가장 크고 가득 찬 존재의 수업이 떠오른다. 여러분, 장소가 어디든 몇 명이 모이든 기도하십시오. 간단하죠, 이제 여러분에게 한계 없는 자아를 약속합니다. 동공이 벌어졌다 한계 없는

자아, 내가 헤아릴 수 있는 모든 것보다 더 큰, 우리
는 떨리는 손가락으로 우유갑을 벌리며 한계가 풀
린 입술을 우유 주둥이 모양에 꼭 맞추었다. 잘했
어! 잘했어요. 연습하세요! 아기 새의 찢어진 입처
럼, 십자가의 꼭짓점을 이으면 꼭 그런 모양이 되겠
죠. 합장한 두 손처럼 모두에겐 빛나는 마름모가 있
고, 보세요, 기도할 땐 더 길게 빛난답니다. 자꾸 벌
어지는 손가락은 언제든 퍼티로 채우고 옻이 마르
면 톡톡 금분과 은분을 입히세요. 선생님, 부디 믿
어주세요. 이 수업이 듣고 싶어 저는 박살이 났다는
것, (혹시 당신이 그랬다고 말해도 돼요?) 약속하
세요. 귀하고 아름답게 여기시겠다고, 이 마름모를
당신의 부엌 창에 끼워주시겠다고. 쉿! 수연님, 붓
질에 집중하세요. 네, 선생님 네. 나는 실금에 붓을
대며 숨을 참고 또 참는다.

노엘 노엘

왕 작가는 크리스마스 시즌의 풍성한 전나무 리스와 반짝이를 바른 솔방울, 금테를 두른 리본과 붉은 벨루어가 좋았다 생로랑 피코트를 입고 거리를 걸을 때면 블랙프라이데이가 끝난 아쉬움과, 지난 페어에서 그림을 한 점도 팔지 못한 슬픔 정도는 단숨에 회복되었다 성당에 가 십자가 앞에 줄을 서면 신이시여, 이 긴 배급 줄을 보세요 저는 올해 한 주도 미사를 거르지 않았어요 아픈 날은 집에서 유튜브로 명동성당 미사를 봤다는 것 다 아시겠죠 그런 주는 다음번에 헌금을 두 배로 냈다는 것도요 십자가는 나무였다 그래 너는 일기장에 렌치를 끼워두고 잠이 들었지 렌치는 올해 무슨 일을 했지? 왕 작가는 대답하지 않았다 십자가는 팔을 뻗어 자, 내 이빨들이다 하며 손을 펼쳤다 발음이 성치 않은 것을 보니 정말인 것 같았다 뭘 이런 걸 다…… 손바

닥 위로 떨어지는 이빨들 서로 부딪히며 도토리 같은 소리를 내었다 왕 작가는 생각했다 이건 신비체험이야 CCTV에는 어떻게 찍힐까? 굽어보는 긴 속눈썹 "너를 나무 사랑항당다……" 왕 작가는 거리에 나앉은 임금과 회계가 떠올라 재빨리 그것들을 주머니에 넣었다 스치는 거미줄, 일기장의 렌치는 어느 페이지쯤 있었기에? 피와 살이 아닌 것, 이런 마른 뼈들로는 무엇을 할 수 있는가? 라팜팜파 라팜팜파 파견성가를 부르고 신부님과 악수를 하는 사람들의 잇몸이 붉었고 신부님, 메리 크리스마스! 새 작품의 제목은 '노엘 노엘'로 하려고요 다음 개인전 땐 정말 와주실거죠?

마우스피스

크리스마스트리를 그려 벽에 걸었다
어두운 냄비 앞에 모여 앉으면
제법 커어다란 고깃덩어리

접시 안에서 나무 팽이 돌아간다
떠오르면 제법 커어다란 고깃덩어리

흩어지는 법 없이
혼자 추는 왈츠
어둠 속에서 움켰던 따뜻한 드레스

촛불을 켰을 때
덩어리가 작아도 슬퍼하진 마
입술을 깨무는 선배들의 위로
미지근한 국물처럼 흐르던

네 스승의 눈물

킥킥
웃음을 감추려 피아노는 흘러간다
응, 덜 삶아진 나무라서
슬퍼하진 않을게!

회전이란
묶이지도 풀리지도 않으려는 습관
휘휘 수저를 저으면 돌아가는
열두 달의 입술

2부

쥐와 뱀

쥐에게 뱀이 있다

머리께에 뱀이 있다는 말이다

뱀이 똬리를 틀면 쥐는 일찍 일어나 뱀의 눈알을
콱 물어버린다

쥐는 일기장에 뱀을 풀어놓는다

뱀은 아직 지팡이가 되지 않았다

일기 위에선 뱀 수십 마리가 우글거린다

쥐는 연필로 대가리를 쿡쿡 찍어놓는다

쥐는 '쥐뱀'이라는 종이 있는지 검색해본다

'뱀쥐'라는 종이 있는지도 검색해본다

자기 꼬리가 뱀이 아닌지 의심한다

그게 다 뱀이 있다는 소리야

선녀보살이 말한다 붉은 꼬부랑글씨를 휘갈긴다

부적이라면 쥐는 다 먹어버린다

부적 맛이라면

지갑 속에 오래도록 묵혀두거나
문 위에 풀칠을 해둔 부적 맛이라면
뱀은 가끔씩 기절을 하고
쥐는 평온에 붉은 칠을 한다
쥐는 자기 꼬리를 잘라 지팡이처럼 들고
(죽은 딸을 들쳐 안은 리어왕처럼)
"네버 네버 네버 네버 네버—"

관객들은
수염을 스치는 바람에 놀라지 말 것

인사돌

당신은 시가 되어야겠군요
당신들이 시라도 되지 않는다면
도대체 내가 왜 있는 거죠?
(제 부친께서는 세 번이나 시가 되었죠 그마저도
안 된다면 도대체 그 분은 왜,)
그러나 내가 시를 쓰고 나서도
당신들과 함께 쭈꾸미 정식을 먹고 있다면
도대체 당신들은 왜 있는 거죠?
아직도 쓸 시가 남아서요
라고 당신들이
말하기도 전에 나도 모르게
아이고 늦어서 죄송해요 호호
늘어선 물 잔에 물을 따르고
당신이 쓴 모자를 칭찬한다면
(그러고 보니 당신은 왜 그딴 모자를 쓰지)

사실 나도 모자를 좋아해

하지만 당신 모자가 수치를 모르는 동물원처럼

보인다는 것—

나는 그 동물원의 입장료가 궁금합니다

거기에선 슬픈 서커스가 매일 열리는 것 같군요?

저요? 그에 비하면 제 것은 공학자의 식물원이죠

정교한 이끼정원, 국립극장의 태피스트리

밀라노 트리엔날레에 어울린달까?

하지만 이 시는 다 완성한 게 아닙니다

당신 아이의 아이 이야기를 들으며

쭈꾸미를 씹었어요

이 집 쭈꾸미는 질기지가 않아

맛있게 매워

같은 말이 딱 맞춤하여서

맞아요,

담에 또 와요

또 와

이가탄

어릴 적 풍치가 나면 풍치를 먹을 수 있어 좋았다
풍치가 뭔지 그게 진짜 풍치였는지 모르겠지만
엄마가 풍치라고 했으니 그건 풍치였고
독특한 맛이 났다
단단하면서 신 자두처럼
잇몸을 몰래 먹을 수 있었다
풍치 외에도 뭐가 나거나 가렵다고 하면 언제나
영양부족이다 영양부족
진짜 궁금한데 진심으로 그렇게 생각하는 거야?
영양부족이라 했으니 영양부족이었고
나는 복수를 꿈꿨다
엄마를 스티커로 만들어버리겠어
내복 스티커 김치 스티커 밥 스티커
달력에 빼곡히 붙이면서
엄마 이것 봐

이게 엄마야

이게 되고 싶었지, 그렇지?

내 다이어리를 이렇게 터지도록 채우고 싶었지?

내가 무슨 눈물을 왈왈 마시는지

무슨 소리를 꺽꺽 삼키는지

알겠어? 그건 다

영양부족 영양부족 때문이고

엄마는 언제나 그걸 믿기 때문이고

영양부족이란, 나도 모른다는 뜻이었어

엄마는 혼자 콧바람을 짧게 흥, 하는 습관이 있었
는데

그때마다 엄마가 웃나? 하고 쳐다봤지만

백 번이고 천 번이고 흥, 했을 때

엄마가 웃은 적은 없다

쥐와 노인

이봐, 노인

늦잠을 자는 노인은 없나? 열 시 열한 시까지 자는 노인

나는 그런 노인이 될 거다

치익— 열 시면 밥솥의 김이 빠지고 있겠지 그걸로 김밥을 말 거다

꽃을 싫어하는 노인은 없나? 돌만 좋아하는 노인

나는 그런 노인이 될 거다

예쁜 돌에 푸른 이끼가 있다면 락스로 박박 닦아버려야지

줄무늬 책을 들고 다니는 노인은 없나? 레자에 지퍼를 단 성경책 말고

줄무늬로 된 책을 써야겠다 흰 선과 푸른 선에 손가락을 얹고

"좋아하는 책은 다섯 권씩 사지요"라며 씨익 웃

기 위해

　하지만 노인이라면 응당 산책을 가야지

　가방에 김밥과 돌을 넣고 책으로 이마에 차양을

만들며─

　포교를 나온 사람에겐

　"이봐요, 저세상엔 유황온천이 있소

　아무리 별나도 온천을 거절하긴 힘들어"

　노을을 볼 땐

　개를 쓰다듬듯 자기 무릎을 만지는 노인

　"잘 모르겠네"란 말은

　아주 진지하게 그러나

　슬프지 않게 그러니까,

　자나, 노인

물고기자리

물고기자리는 가슴을 펴고 걷는 것이 좋다고 한
다 가슴을 들면
쥐의 흰 털 사이가 조금 벌어진다
이런 체질은 확신을 연습하는 것이 좋다
이런 건 좋지 않고
이런 건 좋다고
메뉴 이름으로 재료를 나열한 곳이 많아졌다
그건 좋아
그건 별로
미간을 모으거나 피면서
거대한 확신과 무르익는 자유
커다란 보자기 위를 구르는 복숭아들

속삭이는 뱀 내 친구
펄럭이는 내 뱀 친구

보자기만 냅다 훔친 내 친구
과일이라면 따귀를 때리겠어
봐, 이거 실크라고
옛날 내가 지켰던 열매처럼
씹고 삼키면 좋겠지 하지만

그럴수록
기억이 외워진다
기억이 단련된다

가슴을 편 물고기자리는 융숭한 대접을 받는다
고 한다
때와 장소를 가리고
눈을 가늘고 섬세하게 뜨면서
강한 직관과 합리성의 손짓으로

자 봐 의심과 나약한 망상을
신기하기도 하지
저 뱀 친구
헤엄도 모르면서 다이빙을 하는 오,

물속에서 지느러미처럼 보자기를 펼친다

쥐와 방

쥐가 되었다 방 안에서 혼자
그러기도 한다지만
바퀴벌레보다는 그나마
젖도 있고
급경사의
어깨도 있다 하지만
주둥이의 수염 여섯 개는 꺾인 다리같다 쩌억 입
천장이 보이도록 벌리면
뒤집어진 벌레처럼
어머니 어머니 그만하세요
아버지 아버지 차라리 우세요
자주 하던 것 말고 잘하는 것 좀 해보세요
잘하는 것 말고 안 해본 것 좀 해보세요
생각 그다음 생각 같은 거
지금쯤 열쇠 구멍께로 기어올라

벌레라면 분명 그렇게 외쳤겠지만

이런 필요도 없는 쥐젖 따위—

마음으로만 힘껏 죄를 지었는데

스물일곱 살의 나를 쫓아다닌 사람은

자신이 제비꽃이라 생각했다

어느 날은 내게 교황무류성과 성모신앙을 비판

하는

책 한 권을 내밀었다

그 책이 무서워 버리지도 못하고 처박아둔 것은

실행한 죄인가 생각만 한 죄인가

제비꽃물을 마신 자들에겐

영혼이 필요하므로

영혼은 증여된다

영혼은 교환된다 어깨를 두드리며

담이 걸렸어 담에 걸렸어요

한 번도 펼쳐보지 못한 책들 때문에
한 번도 실행해보지 못한 범죄 때문에
수염을 만지다 잠이 들었다 피곤했지만
쥐의 영혼은 작지도 적지도 않아서
영혼이 들끓었다
천장 위로 요란한 발자국 소리
새로 태어난 쥐여, 쥐라면
생각과 마음과 힘을 다하여
휘파람만으로도
날이 새도록 탱고를 출 수 있다

여름 비행

여기 구름 사진을 찍는 사람이 있다
하얀 초파리 떼
비행기 비상문을 열 줄 모르는 사람이 있다

주인 없이 흘러가는 덫
아무것도 훔치지 못하는 행주
종종 쉰내를 맡는 사람이 있다

매일매일 정류장에서 새치기를 하는 사람
그는 마치 긴 줄이 없는 것처럼 행동한다
지나가는 그를 확 꼬집을 수 없어서
나는 구름을 떠올린다

구름 속엔 눈먼 초파리가 아주 많지

여름마다 박수를 치며
초파리 잡는 요령을 익히지만
그건 모두 덫
여기 굉음을 내는 덫이 있다

마킹

점보 사이즈 마킹을 당하는 것

도시 위로 병풍처럼 거울이 펼쳐지는 것

거울 속에서

마킹이 마킹을 덮고 마킹이 마킹을 차고 나가는 것

빛나는 거울과 거울

여기저기 깃발을 휘두르는

마킹과 마킹

눈이 부시네

아기를 낳아도 괜찮을까?

숲의 동물들이 자리를 살피는 것

사랑해 이제는 다 괜찮을 거야

머리맡의 가족들이 속삭여주면

떠나는 이가 달력 어딘가에 동그라미 되는 것

남은 이들만이 기침에게 옷소매를 보이는 것

U가 나를 부를 때

5분 정도 눈이 내렸고 눈송이 하나가 청동상의 코끝에 닿자 뚝

그쳤다 그것만이 U의 유일한 의도이고 오늘의 의무라고 생각했다

그런 의도는 우리의 배경을 이룬다 우리는 수군 수군한다 그러다 국이 나왔을 때 물이 배경인가 덩어리가 배경인가에 대해

싸우지 않는다 밥을 다 먹고 양치를 한다 눈이 내린 5분을 뺀 시간은 우리의 의무로 있다

어떤 정물이 될까 어떤 포즈로

U가 나를 부를 때

오래전부터 나무에 매달린 동물처럼, 비누를 넣고 삶은 기저귀 냄새를 풍기며

U는 어쩌면?

젊은 날의 내 건포도 동맹에 대해 묻지는 않을까, 혹시 쇠파리로 착각하진 않겠지

　　어떤 동물이 될까 어떤 동선으로
　　U가 나를 부를 때
　　내가 U처럼 움직이고 싶어 한다는 소문은 사실일까
　　U는 어째서?
　　내게 함박눈을 홈런볼로 바꾸는 능력을 줬을까
　　아빠는 눈삽을 지고 동생과 나는 동네를 뒹굴며
　　식탁에 산처럼 쌓인 홈런볼 위로 뜨거운 시럽을 뿌려 먹었지
　　이제는 그만한 함박눈도 내리지 않고
　　왜일까? 혹시 그때 동생과 차갑게 굳은 초콜릿을 씨처럼 퉤퉤 뱉었기 때문인가?

애인은 떠났지
너는 편의점 홈런볼을 실컷 사 먹지도 못하잖아

목소리가 갈라진다
이제는 그만한 함박눈도 내리지 않으니까
내 흰자보다 크고 검은자보다 부드러운

U가 나를 부를 때
좌,
미,
오,
웨,
기,
유!
나는 기합을 넣으며 안무를 짠다

U가 나를 부를 때

립 미 얼론

이라고 하지 않는다

쥐와 그림

쥐는 그림 같은 건 생각해본 적 없습니다
마당에 쏟아지며 흔들리는 꽃들
초상이 되길 바라는 하쿠나 마타타

쥐는 닭들을 잡아먹었습니다
빼곡한 닭장 안에서 뒤를 덮칠 때
항문 아래 이를 박고 내장을 꺼낼 때
이렇게 죽으면 스케치할 수 없는 건가
이렇게 먹으면 스케치할 수 없는 건가
누군가는 식사 중에도 그려지지만

그러나
쥐라면 수염을 기르고
때론 빗질을 해줘야 합니다
가지런한 용기

유통기한이 지난 요구르트나
싹이 난 감자도 두려워하지 않는 용기를 위해

사랑한다는 말은 한 번도 하지 않았죠
누군가는 닭을 먹으며 닭을 사랑한다고
애인을 때리며 애인을 사랑한다고

쥐를 사랑하지 않고
쥐를 먹지도 않고
쥐를 스케치하는 바람 앞에서

쥐는 두 손을 모아요
수염이 간지러워 은근한
미소를 지어요

PIN

034

성전에서

배수연

에세이

성전에서

진실Truth은 중요하지만,

사랑이 없는 진실은 견딜 수 없습니다

—영화 「두 교황」[*]

*

할머니는 마리아다. 윤마리아. 돌아가신 할머니는 어떻게 세례명을 정했을까? 스텔라, 파우스티나, 카타리나, 에스델……. 성인들의 낯설고 어려운 라틴식 이름 앞에서 할머니가 눈을 반짝이며 진지하게 고민했을 리는 없다. 아마도 가까운 누군가 일러준

[*] 페르난도 메이렐레스 감독, 2019.

이름에 바로 고개를 끄덕였으리라. 무엇이든 상관 없었다. 할머니의 마음엔 마리아, 카타리나보다 중요한 단어가 있었다.

'아파트'. 할머니는 세례를 받는 가족에게 성당에서 아파트 분양권을 싸게 살 수 있는 자격을 준다는 이야기를 들었다. 지금이야 황당한 이야기지만 정말이었다. 부산가톨릭교구는 아무도 사지 않던 일제강점기 화장터 자리를 싼값에 매입해 아파트를 지었다. 아빠가 초등학교 6학년 때의 일이다. 과연 할머니의 일곱 식구 모두가 세례를 받았다. 나와 동생이 스무살이 갓 넘었을 때, 아빠가 청년이 될 때까지 살았던 재래식 주택에 가본 적이 있다. 그곳은 여전히 달동네였고 도착해보니 집은 그 언덕에서도 가장 꼭대기에 있었다. 할머니 가족은 분양권이 생겼지만 (당연하게도) 입주할 형편이 못 되었다. 전세를 놓았다 팔아 생긴 수익은 바깥생활을 좋아했던 할아버지 손에서 빠르게 사라졌다는 뭉뚱그린 이야기. 할머니는 그 후로 성당에 다니지 않았다. 할머니의 장례는 독실하고 유복한 막내고모 부부의 인도로 개신교식으로 치러졌다. 그러나 둘째 아들 스테파노와 넷째 딸 세실리아는 50년째 성당에 다닌다. 나의 아빠 스테파노는 할머니 기일이 되면 '윤필순 마리아'라고 적은 봉투를 마련해 위령미사를 봉헌한다.

*

   사진 속에서 외국인 선교사 신부가 아기의 머리에 성수를 부으며 유아세례를 주고 있다. 자기 이야기를 잘 안 하는 엄마는 10여 년이 흐른 후 나에게 지나가듯 말했다. "처녀 때 개신교 교회에 간 적이 있어. 목사가 제일 먼저 아버지가 뭐 하시냐고 묻대." 다음 말은 기억나지 않는다. 아마 침묵했으리라. 엄마는 그래서 개신교 교회를 다시 찾지 않았던 걸까. 왜 교회나 성당엘 간 걸까? 아기인 내게는 그런 고민이나 선택권이 없었다. 사진 속의 나는 거대한 무만 하다. 미음을 꿀떡 삼키고, 막 돋아난 아랫니 두 개를 보이며 활짝 웃는 것만으로도 부모에게 이 세상 신비와 환희를 선물하던 부드러운 무. 나는 거기에 있었다. 엄마 김비비안나, 아빠 배스테파노 사이에. 나는 배로사가 되었다. 세상에 난 지 반년이 채 안 된 어느 날 나는 엄마가 기울여준 어떤 세계를 향해 머리를 적신다. 밤색 여름 니트 위로 수줍게 미소 짓는 엄마. 뺨 주위로 짙고 풍성한 머리칼과 숱 많은 눈썹. 엄마는 아기인 나보다도 팔과 얼굴이 맑다. 나는 아직 터럭이 적어서, 성수는 머리에서 미끄러진다.

정말 괜찮아요? 영혼이 없어도…… 그래도 괜찮아요?

오랫동안, 이런 질문을 할 수는 없었다. 후련한 표정의 누군가로부터, 아니면 황당한 표정의 누군가로부터 "그럼요!"라는 말을 듣지 않겠는가. 동물에겐 더더욱 그런 지독한 질문을 숨겨야 한다. 비둘기와 고양이, 뱅글뱅글 도는 개, 끊임없이 코를 흔드는 동물원의 미친 코끼리와 끈끈이에 붙어 헐떡이는 쥐.

언젠가부터 출근길 모퉁이에 비쩍 곯은 비둘기 네 마리가 웅크리고 있었다. 눈은 붉고 몸은 기름때로 새까맸다. 머리를 추처럼 앞으로 기울이고 휴대폰에 시선을 꽂은 채 걸어가는 사람이라면, 그 네 마리 중 하나를 밟을 수도 있다. 그들이 바닥에 있기 때문이다. 그들이 오래 밟힌 껌 색깔을 하고 있기 때문이다. 바로 옆 건물의 3층과 4층 간판에는 제법 깨끗하고 젊은 비둘기들이 열을 지어 앉아 있다. 앙상한 네 녀석은 한 발짝 옆의 연석 위에도 올라앉지 않는다. 거기에서는 더 이상 어떤 추락도 없다. 그들을 처음 본 날, 명치께로 훅 치미는 무엇 때문에 나는 발작적으로 가슴팍을 움켜쥐며 질질 눈물을 흘렸다. 괴롭고 창피했다. 내가 무엇을 할 수가 있나? 한번은 어디에서 왔는지 건물 복도로 들어온 참새를 내보내려고 멋대로 방충망을 찢고(모든 창에 방충망이 있었다) 새를 몰았다. 그러나 겁에 질린 참새가 유리창에 머리를 반복해서 찧는 바람에…… 이후로는 비둘기가 있는 쪽을 보지 않으려 무진 애를 썼다. 그럴수록 더 잘 보였다. 네 개의 검은 점이 멀

리서부터 나를 기다리고 있었다. 점은 세 개가 되더니 장마가 시작된 며칠 뒤엔 모두 사라졌다.

아침부터 나의 죽음을 생각하는 일은 훌륭하다. 그건 평온한 명상이 된다. 그런 고요함에 비둘기들의 새까만 국물이 냄새를 풍기며 흘러들어 온다. 애들아, 천국에는 동물이 없대. 너희가 없고 천사가 있대. 그래도, 괜찮아?

"수연아."

열다섯 살의 내 친구는 두려움이 떠오른 얼굴로 나를 불렀다. 어찌된 일인지 우리 둘은 평일 오후에 성당에 있었다. 우리는 막 학교 수련회를 다녀온 참이었다. 그날 전례부와 성가대 연습이 있다고 알고 있던 우리는 수련회 짐을 짊어진 채 곧바로 성당으로 달려온 것이다. 성당은 고요했다. 성전과 모임방, 강당을 이리저리 살펴도 아무도 없었다. 무언가 착오가 있었음을 알아차리자 피로가 쏟아졌다. 우리는 지하 교리실로 들어가 책상을 붙인 채 벌렁 누워버렸고 금세 잠이 들었다. 부스스 잠이 깼을 때,

친구가 문득 고민을 털어놨다. "수연아, 꿈에서 지은 죄도 죄일까?" "어? 왜? 무슨 꿈 꿨는데?" "나 사실…… 며칠 전 꿈에 예수님이 나왔어. 예수님이 십자가를 지고 언덕을 올라가는데, 나는 그냥 지켜보기만 했어. 그러다 사람들이 예수님을 십자가에 못 박았고…… 나도 따라 예수님 얼굴에 침을 뱉었어. 내가 왜 그랬는지 정말 모르겠어! 나 너무 무서워……. 어쩌면 좋아?" 나는 친구의 흔들리는 눈동자 앞에서 무슨 말을 해야 할지 몰라 초조해졌다. 지하 교리실의 쿰쿰한 냄새, 잠이 덜 깬 정신의 혼미함, 거기다 아무도 모르게 성당에 숨어 잠을 잤다는 데서 오는 희미한 흥분. 두근두근, 나는 친구의 꿈을 상상했다. "민지야, 너 꿈속에서 침 뱉는 네 모습이 보였어? 마치 영화 주인공을 보듯이 말야. 아니면 정말 침을 뱉는 사람의 시선으로 꿈을 꿨어?" "글쎄…… 잘 모르겠어. 내 모습이 보였던 거 같기도 하고 아닌 것 같기도 해……." "음…… 네가 정말 행동하는 시점이었다면…… 그렇게 침을 뱉었다면, 그건 꿈이지만 정말 잘못을 저지른 게 아닐까?" 무슨 논리인 걸까? 나는 꿈의 영상이 삼인칭이었느냐 일인칭이었느냐가 마치 죄의 유무를 가르는 기준인 양 진지하게 말했다. 친구의 눈에 눈물이 차올랐다. "그런 걸까? 무서워 수연아……." "괜찮아, 민지야 괜찮아……. 용서해주실거야. 우리 올라가서 기도하자." 우리는 대성전으로 올라갔다. 우리가 다니던 성당은 유난히 천장이 높았고 제대를 감싼 벽은 수많은 돌로 장식되어 있었다. 성탄 시기가 되면 어느 백화점 로비보다도 큰 트리가 제대 위에 올라섰다. 두 소녀는 성호를 긋고 어두운 성전 한구석에 무릎을 꿇은 채 간절히 기도하기 시작했다. 감실*을 밝히는 작은 빛과 석양이 비쳐드는 스테인드글라스의 색 그림자. 빛과 어둠의 경배. 눈을 감으면 천장은 무한히 높아졌고 빛은 더 멀어지고 더 또렷해졌다.

머리와 가슴에 상처를 내듯, 호미로 흙을 파내듯 성호를 긋는다. 이따금 그날의 친구와 같은 심정이

* 가톨릭 성당 안에 성체를 모셔둔 곳.

되고, 눈을 감고 깊숙이 시선을 던지면 여전히 그 빛
과 어둠이 보인다.

*

우리 동네 03번 마을버스와 파리바게뜨. 내게 영
혼은 그런 약속과 비슷하다. 상실도 몰락도 부패도
없는 약속. 마을버스의 배차 시간과 식빵이 나오는
시간처럼 간결하고 소박하며 비가 오나 눈이 오나
지켜지는 약속. 성인에서 성인으로, 교회에서 교회
로, 교황에서 교황, 신부에서 신부, 수녀에서 수녀,
순교자와 순교자, 신도와 신도를 거치며 언제나 육
신의 동네를 배회하는 약속.

초등학생 때는 잠이 오지 않는 깜깜한 방 안에서
듣는 집 안의 온갖 소리가 다 무시무시했다. 어딘가
'끼익' 하다 '스륵' 했고 또 어디선가 '또각' 했다. 강
도나 귀신, 삐에로나 강시 또는 알 수 없는 괴생명체
가 창틀에 발가락을 넣고 문틈에 손가락을 넣어 내
가 자는 방에 얼굴을 들이밀 것만 같았다. 그럴 때마

다 나를 안심시킨 존재는 엄마도 하느님도 아닌 경비 아저씨였다. 정확히 말하면, '경비 아저씨가 깨어 있다'는 사실 혹은 믿음이 주문처럼 나를 안심시킨 것이다. 사각뿔 모양의 지붕을 얹고 미색 벽에 큰 창을 낸 작은 건물, 그 안에 불을 켜둔 채 깨어 빌라 안쪽을 지키는 사람. 무슨 순진한 생각인가? 경비원은 자주 바뀌었지만 대부분 경비 '할아버지'였고, 도둑이나 귀신이 이마에 자기 정체를 써 붙이고 정문으로 들어온다 한들 무장도 안 한 사람이 무엇을 할 수 있단 말인가?

그런 가늠도 못 할 만큼 내가 어리숙했다 해도 전혀 이상하지 않지만, 나는 경비실과 경비원을 생각하면 정말로 두려움이 스르르 가라앉았다. '내가 잠들더라도' 불을 밝힌 누군가 깨어 있다는 사실이 좋았던 것이다. 그러나 그중엔 격일 밤샘 근무와 폭언, 온갖 잡무에 시달려도 하소연 못 하는, 그러다 극단적인 선택에 내몰리는 사람이 있다는 걸 나는 알 수나 있었을까? 성인인 나는 어둑한 새벽이면, 동그란 불을 켜고 골목을 지나는 마을버스나 모닝빵을 구우

려 예열 중인 오븐이 있다는 사실에 안심하곤 한다. 혼자가 아니라는 생각, 한결 살 만한 세상이라는 푸근한 마음도 든다. 그 따뜻한 세상의 사람—경비원이나 버스 기사, 제빵사—을 생각하면 어쩐지 조금 복잡해지므로, 대신 자그마한 초록색 버스나 김이 오르는 빵과 같은 사물을 생각하는지도 모른다. 내가 좋아하는 약속, 내가 잠들어도 세상을 지켜주고 나보다 먼저 태어나 나를 기다리던 약속은 겨우 그런 것일까. 영혼은 오래되었으나…….

*

어둑한 성전에서 두 손을 모으고 간절히 기도하던 두 소녀를 생각하면 내가 그들의 신이 된 듯한 기분이 든다. 소녀들의 바짝 솟은 어깨를 쓰다듬으며 다 괜찮다고, 정말 괜찮다고 말해주고 싶은 것이다. 미래의 내 마음이 전해졌던 걸까, 그날 우리는 성전에서 보좌신부를 만났다. 주일학교 학생들에게 냉정하게 굴며 수시로 면박을 주기로 유명한 젊은 사

제였다. 우리는 조심스레 다가가 고해성사를 청했고, 그는 입을 꾹 다문 채 우리 얼굴을 뚫어져라 보더니 휙 고해소로 들어갔다. 무슨 말을 들었는지 전혀 기억나지 않지만, 그날 우리는 한층 의젓해진 마음으로 성당 문을 나섰다.

*

고해소를 찾은 지 오래되었다. "내가 세상을 이겼다"(「요한복음」 16장 33절)는 구절에서 '이겼다'라는 말에 흠칫 놀란다. 세상을 이기다니. 세상이 무엇인데 싸워서 이기거나 질 수가 있나요? 온통 패배인 세상에 우릴 남겨두셨군요. 기도 중에 '아버지'라는 말은 골라내고, '주'라는 말에서도 머뭇거리고 만다. 그러나 나는 비둘기와 쥐, 스테파노와 비비안나, 두려움과 슬픔에 사로잡힐 때마다 어두운 성전을 찾아간다. 침묵 속에 불을 밝힌 감실과 스테인드글라스의 색 그림자, 상상 속에 울려 퍼지는 오르간 소리. 나는 교황 베네딕토 16세의 회칙인 '진리Truth

안의 사랑'의 앞뒤를 바꿔본다. 사랑 안의 진리. 나는 시를 쓰듯 기도의 언어를 찾는다. 어둠을 본다. 빛을 본다. 나는 미래의 내가 해주는 말처럼 어떤 말들을 중얼거린다.

시인의 말

머리와 가슴에 상처를 내듯
호미로 흙을 파내듯
성호를 긋는다

                              2021년 5월

쥐와 굴

지은이 배수연
펴낸이 김영정

초판 2쇄 펴낸날 2021년 5월 25일

펴낸곳 (주)현대문학
등록번호 제1-452호
주소 06532 서울시 서초구 신반포로 321(잠원동, 미래엔)
전화 02-2017-0280
팩스 02-516-5433
홈페이지 www.hdmh.co.kr

ISBN 979-11-90885-75-1 04810
     979-11-90885-43-0 (세트)

• 책값은 뒤표지에 있습니다.

현대문학 핀 시리즈 시인선